句集

縁

えにし

伊藤 航

紅書房

航の絵手紙サロン

踏まれても
立て
石蕗《つわ》の花

大器晩成
と思えば……
平成二十八年十月二十二日
遅咲きの
ハイビスカス
(仏桑花《ぶっそうげ》)
航

先日
雪の中
お見舞に行き、
手術後の
しっかりした
お顔に
会えて
安心
しました
退院
してから
食事など
大変と思いますが
しっかり
養生
して
下さい

時はかけ足で
過ぎて
いく
けれど
地に
足を
つけて
ゆっくり歩いて
いきたいね
花水木の実

これからも
たくさん
話を
しよう

孫達の
未来を
のぞいてみたい

サツマイモの芽吹き
天高し
秩父音頭の
翔ぶかたち
航

夢だった
沖縄の海への
ダイビング
ついに実現！
カラフルな
サンゴと
熱帯魚
ウミヘビといて
楽しかったよ

生の
訪れ
ふきのとう

もっと
生きたい
航
H28.8.24
アブラゼミ

航さんとの縁――『縁 えにし』の船出を祝う

石　寒太

天高し秩父音頭の翔ぶかたち

金子兜太さんと私は、九月二十三日生まれ。「そのうちにぜひ一緒に誕生祝をやりましょうよ」、そう言いつつのびのびになっていた。それが実現したのが平成二十年の誕生日。兜太八十九歳・寒太六十五歳の「兜太に会いに行く秩父吟行」。晴天の楽しい一日であった。

バス三台、一二〇人ほどが集まり、秩父・皆野《みなの》町で誕生日を共に祝った。秩父音頭も披露された。兜太と弟の千侍ふたりも一緒に踊り、その後「兜太・寒太のトークショー」も開かれた。「偶然だけど実は、僕はこの隣の椋《むく》神社からトラック島へ出征したんだ。母の縫ってくれた千人針の腹巻をしてね。ここは思い出の地で、今日はいい記念になった」ともうすぐ卒寿の兜太大人は、このようにぽつりと漏らし、終始上機嫌の一日であった。

高齢の衰えも見せず、東京方面に帰る私たちのバスが見えなくなるまで、毅然として見送ってくれたその姿が、今でもしっかり目の奥に焼き付いている。

冒頭の句は、本句集の第一章「翔ぶかたち」の中ほどに掲載されており、秩父吟行の兜太特選の一句である。賞品の兜太書の短冊（「曼殊沙華どれも腹出し秩父の子」）は今でも航さんの自宅に飾られているに違いない。

さて、このたび航さんのはじめての句集『縁　えにし』が炎環叢書の第一期に加えられることになり、ことのほかうれしい。

「あとがき」にも書かれているように、航さんとの縁は、彼が転勤の末に永住の地と定めた流山、そこに「流山ざくろ句会」があり、そこに航さんが現われたことからはじまった。

この街に建てしわが墓夏の蝶

ここが航さんの俳句の出発点であるが、定年の五年前に「生涯の趣味」を求めていた航さんが、俳句にのめり込んでからの打ち込みようは凄まじかった。たちまちこの「流山ざくろ句会」の中心になったことはもちろんであるが、その後中央の本部句会・志木句会・阿佐谷ナイト句会・王子句会・千葉句会などにも欠かさず参加し、俳句の骨法をたちまちに会得していった。彼はいま、平成十三年に炎環に入会して以来、はや二十年近くになろうとしている。歳月は矢の如しである。

今度の句集稿に目を通して、全国各地を一緒に吟行したこともつぶさに分かった。式根島・隠岐の島・信州諏訪辰野・おくのほそ道・秩父・川崎・高津・古利根・鎌倉・群馬(高崎・藤岡・赤城山など)・花巻・津軽・松山など、その他都心近郊まで入れるとかなりの数にのぼり、一句一句読んでいるとその時々の思い出が浮かんできて、いろいろ懐かしい。一方、航さんには外国旅行の時の句も多い。が、こればっかりは一緒していない。でも印象に残った景は句の中によく出ている。

花冷の「最後の晩餐」ユダの顔
ポンペイの白き人型風光る

さて、航さんのいま住んでいる流山は、江戸時代の三大俳人のひとり小林一茶のゆかりの地でもある。巻末に添えられた「あとがき」や「第十回炎環エッセイ賞受賞作品」にも触れられているが、この流山は、航さんの故郷にほど近い柏原（現信濃町）の俳人一茶のスポンサーであったみりんや酒造りの豪商、秋元双樹が住んでいたところで、一茶は彼の元に五十回以上も訪れている。ここは今「一茶双樹記念館」が建っていて、当時の建物が復原・保存され、一茶の句碑があるほか、一茶ゆかりの品々が展示されている。集中にも、

錦木や故郷《くに》へ背向けし一茶句碑
一茶忌や琥珀の中の蠅の翅
冬の鵙一茶茶掛の臼ひとつ
一茶食ひし笹屋のうどん雁来紅
桔梗や一茶の淡き片想ひ

ほかの句がいくつか見える。

平成二十八年の「第七回一茶双樹俳句交流大会」では、左記の句により、久女の研究家としても知られる坂本宮尾氏の最優秀賞も受賞している。

吊り上げし大注連縄や秋の蝶

さて、航さんの名を特に一躍「炎環」の人々に知らしめたのは、平成二十九年の炎環新年句会に応募した一句、

涙ぐむ妻へ転がす蜜柑かな

であろう。寒太選の「地賞」で、他の多くの人の選にも入った。私が選した時は、この「涙ぐむ」はどういう理由であったか、いろいろに想像したのであるが、句集に配列されているところを見ると、愛犬ジュディの死に関わることであったことが分かる。この一句前に、

犬の亡き妻とふたりの炬燵かな

が見える。航さんの愛妻俳句は広く知られていて、この句の他にも、

妻の呼ぶこゑの高まり蟻の道
足遅き妻に合はすよ初紅葉
トイレまでの妻の問ひかけ夜長かな
吾と妻の折返し点猫やなぎ
特売のトマトの山や妻の背
不機嫌の妻へ草餅香りけり
緑の夜妻と食後の薬かな
稲光メモ書きのなき妻の留守
病む妻へゆであがりゐし莢豌豆
新涼や妻の入りたる手術室
覚めやらぬ妻の麻酔や秋はじめ
残雪や土手に出でよの妻のこゑ
犬抱く妻の手の哭き若葉風
火取虫ひとりの卓の妻のメモ
青すだれ妻大胆になりにけり
ペットロスの妻の涙や黄のカンナ

遮断機の降りゐし先や妻と葱

と挙げ出したら、切りもなく妻の俳句は出てくる。妻だけではなく、ひとつひとつはここに挙げないが、航さんの句には、父母や子への愛情深い句も多い。この人は基本的に慈愛の人、こころの優しい人なのである。

ついでに、妻の涙の原因となった、愛犬ジュディの秀句もいくつか掲げておこう。

愛犬のふんのぬくもり寒の朝
犬の息荒し夕べの白木槿
泣く嬰に犬のおろおろ月明り
鏡台の犬の噛み疵金木犀
梅雨晴や獣医になつく犬の耳
老犬の脚のふるへや草青む
老犬の野太きこゑよ朝ざくら
老犬の一歩いつぽや夕ざくら
老犬の寝るほかはなき日永かな

犬の背の点滴速し花曇
旅立ちし愛犬ジュディこどもの日
天国の遠吠えひとつ橡の花
新緑や遺りし犬の血統書
長き夜犬の遺影の大き耳

わが家にやって来た小さな生きものが次第に成長し、やがて老犬となって死ぬまでの軌跡が丹念に詠まれ、家族の一員同様だったことが偲ばれる。

さて、この齢になると、いくつか俳号を付けることを依頼される。本名の他に俳号を設けると実生活と切り離して、何か別の人格としての一個人が確立されたような気がしてなかなかにいいものである。もっともこのごろの若い俳人は俳号を持つことをあまり好まず、本名で句を作る人も増えているらしいが……。

いくつか頼まれて命名した俳号の中では、私としては「航《こう》」はかなり気に入っているひとつである。

航さんの本名は一雄という。当時句会では「和男」「和夫」など同名の人が多かったので、「ぜひ俳号を持ちたい」と懇願する航さんに、私はいくつかの俳号の候補を示し、その中から自分で選択するように伝えた。今は忘れてしまったが、確かその数は十数名あったような気がする。その中から「航」が選ばれた。

いまはもう航さんなしには炎環は回らない、そういうほどの中心人物となっている。航さんは自分では少し抜けたところもある、と謙遜してはいるが、外面的には何を依頼してもしっかりと計画しきっちりと正確に仕事をこなしてくれる。だからいろいろな「炎環」の行事は航さん頼り。「炎環二十五周年記念祝賀会」や「第一回炎環全国俳句大会 in 松山」は、航さんがいなかったら成り立たなかったように思う。これは炎環人すべてが認めているところである。来年一月の「炎環三十周年記念祝賀会」も陰から細かくアドバイスをしてくれている。本当にありがたいことである。

さて、絵手紙・スキューバダイビング・写真と趣味の多い航さんであるが、特にカラオケは大好きで一時は句会後には必ずと言っていいほど歌っていた(このごろは齢のせいでそれもなくなったが)。

この句集には、そんな航さんの歌や作詞・作曲家に関する句もいくつかある。それがこの句集の珍しい特色のひとつともなっている。

第一章の中頃に名作詞家阿久悠氏への追悼一句として、

阿久悠逝くみんみんの腹ふるへけり

を添え、また「あとがき」では、名作曲家船村徹氏との縁に触れて、

春一番昭和の心置きて逝く
「みだれ髪」遺して天へ梅の花

の二句を悼句として掲げている。かつては元気でマイクを離さなかった航さんの姿が、この頃ではすっかり見られなくなり少しさびしい限りだが、同世代の私としては、やはり航さんが熱唱している後姿が、元気の源になっている。どうかこれからも、歌を忘れずに続けて欲しい。そう思っているのは、きっと私ばかりではないだろう。

さて、航さんには、

ワインレッドの句集「歳月」春近し

の句があるように、かつて五人で出版した合同句集があった。が、今度の『縁えにし』が個人句集としては初めての出版となる。この句集の結びは、

神仏の定めし縁《えにし》合歓の花

となっている。この縁を大切に、これからも我々の中心として頑張って、「炎環」を引っ張って行って欲しい。そう心から願っている。

平成二十九年七月　梅雨明けの日に

石寒太

句集 縁《えにし》

目次

句集

縁

えにし

第一章

翔ぶかたち

扉裏　炎環叢書シリーズ1「歳月」より　平成十二年～二十二年

春立つやヨーグルト菌増殖中

水滴の点点梅の花てんてん

紅梅へほどよき間合ひありにけり

家系図を大きく広げ春炬燵

妹の夫伸浩君への追悼一句

出棺や四方の山みな名残雪

掃除機を掃除してをりいぬふぐり

墓石のト音記号や梅匂ふ

阿形像のつまさきのこぶ木の芽風

伊藤不器郎氏への追悼一句

象一句遺し梅見にゆきにけり

春三日月一番星を吊り上げし

酒好きの志ん生の墓桃の花

ペリカンの像の口より春の水

厨おぼろ牛追ひ唄の母のこゑ

住職の身の上ばなし春の雲

月おぼろ血圧計の加圧音

車椅子の輪の中にあり花古木

シュレッダーかけし日暮れの八重桜

ちちははのいのちのあかし昭和の日

若葉風子の銀色のヘッドホン

式根島吟行二句

人間に還る旅立ち青葉潮

酔ひ止めのまじなひひとつ燕魚

諏訪大社・辰野の螢吟行二句

初蟬や地中より立つ御柱

ほうたるの濡るる光のふたつかな

百日紅鐘鳴る駅へ降り立てり

阿修羅展出で新緑の動物園

コンドルの翔ばぬつばさや夏の雲

定年の辞令いちまい朴の花

ドアボタン押すや駅舎は植田中

正直に生きよと父や曲がり瓜

少年のシャツの髑髏や立葵

神々の喉の渇きや梅雨の入り

口あけて眠るをんなや梅雨寒し

瓜苗のつな二階まで張りにけり——*

木道の交はる地平夏の空

阿久悠氏への追悼一句

阿久悠逝くみんみんの腹ふるへけり

扇風機の音推敲のとき刻み

仏壇の父の硬球のうぜん花

退職や天見上げゐる蟻の貌——*

百穴のみな西向きし花木槿

奥の細道吟行三句

山寺や命ふたつの秋の蝶

風戦ぐ無量光院草の花

高館や秋蝉のこゑ高かりし

秩父吟行一句

天高し秩父音頭の翔ぶかたち——*

川崎市高津吟行一句

どの墓も大貫家なり秋の蝶——*

九十度回る雨戸や初紅葉

錦木や故郷《くに》へ背向けし一茶句碑

銀杏散るライトアップの多胡碑文字

戦なき六十五年稲の花

新涼や無口な子より湧く言葉

弟の少しふとるや白芙蓉

星月夜妹の煮物の母の味

泣く嬰に犬のおろおろ月明り

妻の叔母への追悼一句

三味線の置かれし柩けふの月

定年や花野に伸びる白き径

前衛の生け花展や獺祭忌

太陽村大字地球昼の虫

ピーマンの考へすぎて曲がりけり

教室の窓より和音実むらさき

山頭火の入りし湯熱しななかまど

産土のりんごは紅し母の亡し

そぞろ寒しやべる男と聞く女

特大の林檎や父の三回忌

忠敬碑少年落葉踏みにけり

楸邨の古利根吟行一句

古利根や冬の飛蝗のひとつ跳ね

鎌倉吟行一句

反骨の武者の和田塚冬の菊

板チョコの斜めに割れし雪催

一茶忌や琥珀の中の蠅の翅――＊

十二月八日一億総携帯《ケータイ》

ピアノ曲流るる御堂十二月

二駅を妻と歩きし冬青空

楪やいまだ昭和の年数ふ

助手席の羽子板ひとつダンプカー

麦の芽や子は泣くたびに背丈伸ぶ

ヘルパーの小さきデモや青木の実

愛犬のふんのぬくもり寒の朝

大寒波電磁調理器点灯中

愛するは守ることなり冬ざくら

母の死四句

通帳を離さぬ母や寒牡丹

携帯の母死すの声冬山河

朝聞ける母の声無し夜の雪

葬式の壇へ真紅の冬りんご

寒晴や地の息吐きし浅間山

父の死四句

点滴に父あづけをり寒霞

寒の朝父の柩へ野球帽

寒椿父の大腿骨太し

寒満月父の叱りしこゑはるか

凍星やあたためてゐる夢ひとつ

ワインレッドの句集「歳月」春近し

第二章

円筒分水

平成十七・十八年、二十二年

イタリア紀行八句

花冷の「最後の晩餐」ユダの顔

ジュリエット像の乳房に触れし木の芽雨

ゴンドラの船頭無口春の水

ジプシーの掏摸《すり》の現場や春暑し

ナポリ見ても死にたくは無し春の波

ポンペイの白き人型風光る

乾きゐる石の街なり春疾風

「イタリアが好きでガイドに」春の雲

元上司葬儀参列六句

終点の小海駅下車沙羅の花

神道の葬儀のかたち胡蝶蘭

玉串の作法のひとつ汗の玉

大往生の遺影の眼遠き雷

師の言葉天より降りし雲の峰

仕事の師人生の師の逝きし夏

見世蔵の巨き茶壷や今朝の秋

河童橋ひとつ揺らして赤とんぼ

犬の息荒し夕べの白木槿

看護婦の愚痴聞いてをり緋のカンナ

ゲーム機に肥満児窓に鬼やんま

北斎の龍の目ん玉秋澄めり

通勤の妊婦の一歩秋桜

ガラス截る職人の肩赤とんぼ

眼の皺の父に近づき銀木犀

川崎市高津吟行二句

いのちなる円筒分水小鳥来る

――*

庄司溺れし二ヶ領用水こぼれ萩

チリ鉱山より工夫生還

地底より三十三人星月夜

尖閣諸島沖で中国船の我が国巡視船への体当たり事件四句

秋怒濤尖閣狙ふ杜甫の国

ユーチューブへ衝突動画秋暑し

防人の止まれぬ念《おも》ひ稲光

無力なる平和の祈り海の霧

焼藷の香やケータイの着信音

墓隣る義賊・遊女や冬青空

冬の鵙一茶茶掛の臼ひとつ

泣きし子の口一文字青木の実

黒猫のペアのセーター老の背

ワイヤー一本に託すいのちや寒のビル

第三章

祖国の土

平成二十三年〜二十四年

タロ・ジロの像のまなざし薄紅梅

道端の暗渠へボールいぬふぐり

薄氷やみすゞの詩集抱へ来し

春疾風ひとかたまりのランドセル

鈍色の帽子の中の子猫かな

売れ残るペット屋の犬春寒し

紅梅やふところ奥の契約書

トルコ紀行八句

春暁の大音響のコーランよ

大モスクの黒衣のひとり春日差

菜の花や遺跡の兵のマシンガン

兵士より震災見舞ひ草青む

親日の半旗の紅し木の芽風

茶《チャイ》飲むやシルクロードの桃の花

紀元前の石柱に添ふ仔猫かな

コーランと酒のあはひに生くる春

東日本大震災三句

白木蓮荒るる祖国の土踏めり

初つばめ買ひ占められし水と米

虚ろより踏み出す一歩草青む

雨水の満つるタンクや花ミモザ

初桜子の口ずさむみすゞの詩

チューリップ年齢層の円グラフ

じゃんけんに犬の加はり若葉風

青時雨子の自転車の特訓中

妻の呼ぶこゑの高まり蟻の道

犬の眼の主追ひけり五月雨

振られたる麦藁帽や遠き父

柿の花気ばかり若く老いにけり

真実のひとつにあらず花石榴

黒南風やパトカー止まる郵便局

日記帳よりこぼるる写真梅雨の月

紫陽花や決めかねてゐる案内状

初蝉のころゑ一村を起こしけり

忘れたる施錠や塀のかたつむり

疲れ目のふたつの浮かぶ金魚鉢

ねぶの花名前浮かばぬ人とをり

契約書の署名終へたり氷水

約束の月下美人の咲く時刻

車椅子の競馬新聞さるすべり

花の名を花屋に聞くや晩夏光

葬列や声そろひたる法師蟬

緋のカンナ嬰抱き人の死の話

自画像のゴッホの髭や秋のこゑ

Ｇｏｏｇｌｅの小さきわが家よ星月夜

鏡台の犬の噛み疵金木犀

閉ぢられしままの雨戸や銀木犀

秋うらら預けたる身の歯科の椅子

撫子や座り込む子の口への字

増税や藪にいつものの烏瓜

曼珠沙華見知らぬひとの会釈かな

子と翁すわるシーソー草紅葉

行徳街道吟行二句

越後屋の閉ぢしシャッター柿たわわ

一茶食ひし笹屋のうどん雁来紅

隣家より子を叱るこゑ鶏頭花

足遅き妻に合はすよ初紅葉

銀杏散る球のかたちの子規の句碑

山茶花や本読む時の無き一日

枯蓮や立ちし少女の長き脛

高崎および光徳寺吟行三句

二つある鬼城の鈴《りん》や白障子

句会場の十三尊仏冬あたたか

円高や孝和《こうわ》の墓へ冬日差

窓いつぱい開け木蓮の冬芽かな

消防署の点呼のこゑや初氷

ローマ字の標札多し雪もよひ

鎌倉吟行二句

石段の立入禁止冬の鳶

一列に行く師弟かな冬木の芽

寒晴の富士や会議の準備中

第四章

片足待機

平成二十四〜二十五年

掃除機の保証切れなり寒の明

早梅や予約混み合ふ葬儀場

回想録の厚き表紙や梅真白

牡丹の芽読みたき本の五冊ほど

残雪や宙見上げゐる烏骨鶏

黒鞄の最後の出番梅匂ふ

静けさの独り占めなり牡丹の芽

鉛筆の子の指正す雛の夜

雛の夜戦中生れのひとり言

白木蓮心に生くる父の言

非常時の持出しリスト梅の花

噴火口のぞくふたりや春の風

猫の恋しらじら明くる日曜日

新入生の列に混じりしふたりかな

泥まみれの安全帽や梅の花

渥美半島伊良湖岬一句

春の雲恋路ヶ浜の兜太句碑

高崎吟行一句

宙よりの鬼城の微風初ざくら

快復のきざしの犬よ花筏

炎環二十五周年記念合同句集「上野へ」より五句

立春やカード近づけ「開けゴマ」

エクセルの表はグラフに春の雪

桜の芽まだ働ける手と頭

横町のカプセルホテル地虫出づ

是がまあつひの勤めか初桜

白バイの片足待機樟若葉――*

爪楊枝ほどの背伸ばし蜥蜴の子

薄れゆく人の名ひとつ薔薇の園

長き文書き終へてをり柿若葉

花巻・津軽吟行十句

太宰の死賢治の生や五月来る

斜陽館の屋根重たかり新樹光

創深き修治の机若楓

ゲートルの太宰もんぺのたけや初夏

夏霧は太宰吐息か龍飛崎

やまなしの花や山猫レストラン

うつむきし賢治の像や芝青し
継がれゐる白墨の文字麦は穂に
名はいらぬ賢治の墓よ若葉風

生きたしの賢治トランク夏の雲

道の駅の人参甘し青時雨

断水のお知らせメール青蛙

年表の昭和の長し青嵐

赤城山吟行五句

貸切りのバスとなりけりつつじ山

老鶯の息長かりし赤城山

介助の手伸べる木道夏の雲

軽皃の子のひとつ遅れし湖の風

金色の毛虫囲むや遊歩道

川崎大師吟行五句

参道の飴切る音や梅雨晴間

梅雨曇護摩焚き初めの大太鼓

願ひごとのいつもおんなじ桐は実に

孔雀草厄年とうに越えゐたり

大師像のとなり餃子屋青葉雨

尖閣諸島もの言ひたげな蟇

つぶやきの泡ふたつ上ぐ金魚かな

雲梯の高し八月十五日

芋の露ひとつぶこぼれ決断す

出航の気配の「三笠」天高し

食卓の薬いろいろ涼あらた

稲光こころの真闇裂きにけり

秋高し机上の狭き自由かな

トイレまでの妻の問ひかけ夜長かな

「きんたろう」の牛乳パック石蕗の花

片言の子の念仏や夕時雨

完走の子をほめてをり枇杷の花

冬青空にぎりかへせし小さき掌

ちつぽけないのちの画像ポインセチア

葬列のしんがりは犬冬紅葉

会葬の最前列の子冬薔薇

踏切のカンカン寒に入りにけり

寒風や吉報を待つ午前九時

ペン先のまろき光や去年今年

初春や少しやせたる脳画像

先頭の遺影の若し水仙花

寒晴の富士在る限りあるかぎり

第五章

一葉の口

平成二十五年〜二十六年

雛飾り笑ひすぎたる子の涙

吾と妻の折返し点猫やなぎ

相性の良き人とをり初ざくら

春の雲子の鉛筆の短かかり

洋弓の的射る音や八重桜

ふらここの喪服のをんな蒼き空

「がんばつぺ」の幟立つ道春の海

スクランブル交差点あを花吹雪

風船の消えゐる先や一番星

特売のトマトの山や妻の背

ハモニカのケースのほこり緑の夜

式根島吟行一句

海女の母語るをとこの日焼かな

マグカップのピカソの鳩や夏はじめ

父の日やひとり静かにヴィヴァルディ

萍や曳けど動かぬ黒き牛

洗面のいつもの手順かたつむり

口論のふたりのあはひゼラニウム

浄閑寺・一葉記念館吟行二句

白百合や遊女の墓の鉄格子

炎天や一葉の口一文字

遥かなる赤子の視線雲の峰

万歳の赤子の双手遠花火

鎌倉一句

カレー屋の列に並ぶや古都涼し

曼珠沙華たまたま人に生まれけり

七歳の太鼓打つ手よ盆踊り

定年の色紙の一語涼新た

まつすぐのこの道が好き稲の花

十五夜や隣家の雨戸閉ぢしまま

幼少の写真無き妻花カンナ

旧道の塩の看板金木犀

告別の企業戦士よ銀木犀

流れ星眼鏡さがしてゐたりけり

佐藤良重さんへのお見舞いの一句

車椅子の握手のちから秋高し

食卓の毬栗ひとつ妻の留守

ライオンの二頭の抱き寝櫨紅葉

安売りの卵へ走る文化の日

棉摘みし小学校のミニ畑

雪催リハビリ室の笑ひごゑ

赤子多き街に暮らすや冬青空

富岡製糸場吟行一句

蒸気管黒し冬日の繰糸場

中くらゐの幸せの良し冬紅葉

公園のゴミ拾ふ子や寒椿

痛みなき五六七歩冬青空

雪もよひ釣銭の出ぬ券売機

初めての一歩踏む嬰霜柱

わが墓の設計決まり初暦

泣き止まぬ赤子の無敵お元日

川のぼる鯉の子の列淑気かな

歩けるといふ幸せや水仙花

第六章

めがねの奥

平成二十六年〜二十七年

春立つやアルミの長き梯子買ひ

春の雪劇場までの裏通り

芹の香よ柱に深き子の背丈

メモ帳の日程埋まりはだれ雪

母の泣く赤子の注射春の雲

消防署の朝の体操梅ふふむ

プリンターのかろき音なり木の芽晴

春愁の長きメールよ窓の猫

深呼吸山門の上の朝ざくら

井の頭公園吟行一句

花吹雪はな子の鼻の皺いくつ

返済の終はりし朝や春の雲

春暁や叱るこゑなき夢の父

紫荊あけてはならぬ箱ひとつ

不機嫌の妻へ草餅香りけり

空席のひとつへふたり花蘇枋

一頭の老いし象の眼樟若葉

青桐や父に曳かるる幼の手

不揃ひの石段のぼり新樹光

のいばらのちりぬるつちのくろさかな

緑の夜妻と食後の薬かな

分骨の骨つぼ抱き麦の秋

青梅雨や法事の費用計算書

梅雨晴や獣医になつく犬の耳

宝飾の細工師なるぞ額の花

佐藤良重さんへの追悼一句

青梅雨やめがねの奥の笑み逝きし

反抗の揺るるリボンや青りんご

みんみんのこゑ白壁を突き抜けり

この街に建てしわが墓夏の蝶

街角や母子そろひのサングラス

あの角を曲がれば他人のうぜん花

あいそ良き歯科医の眉毛晩夏光

十六歳の猫の駅長今朝の秋

廃屋のホテルの窓や秋暑し

陽光のひとりじめなり秋の蝶

朝日新聞の慰安婦誤報二句

天声の人後に堕つや秋高し

ジャーナリズム死すや朝日の翳る秋

稲光メモ書きのなき妻の留守

豊の秋きらり青色ＬＥＤ

製糸場の和瓦の波天高し

富岡製糸場一句

帰郷五句

県庁の正門のわき姫りんご

小春日や歩数十歩の夫婦橋

井月の撫でし賓頭盧秋の雲

蔦紅葉迷子郵便供養塔

蟷螂の不動や佐久間象山像

復興の宿の露天湯良夜かな

高倉健氏への追悼一句

木の葉雨高倉健のこゑはるか

樫の葉のさしすせそつとちりにけり

投票率最低冬の鵙高音

水鳥のいつせいに翔ち着信光

ポインセチア喪中葉書の大往生

大仏の顔と子のかほ年賀状

精米機の音のかろやか四日かな

故佐藤良重さんを偲び一句

絵手紙に籠められし遺志水仙花

歯みがきの途中の電話寒紅梅

第七章

護摩大太鼓

平成二十七年〜二十八年

まんさくや海外旅行決めかねし

じつとしてをられぬ蹠犬ふぐり

春海底戦艦武蔵菊紋章

鬱の朝ぶらり菜の花明りかな

三番札さくら古木の治療中

耳当つる銀杏巨木の芽吹きかな

風船へふくらますほほ若き父

足長蜂入りし鍼灸整骨院

喪の家のひかり集めし藤の花

うつむきの顔少し上げ薔薇真紅

薫風のくすぐりゆきし無精ひげ

病む妻へゆであがりゐし莢豌豆

ひげそりの慣れし左手若葉雨

痛み知る人のまなざし夏の雲

深川不動尊吟行二句

青梅雨や空腹へ護摩大太鼓

吉祥天のおなかぽつこり橡の花

菓子袋の開け口いづく梅雨の明

アリ好きの幼かがみて蟻になり

石段へをさなの一歩青葡萄

反骨の杉原千畝雲の峰

二歳児のまなこまんまる大花火

新涼や妻の入りたる手術室

覚めやらぬ妻の麻酔や秋はじめ

老教授の最終講義あきざくら

新米の届き決壊ニュースかな

桔梗や一茶の淡き片想ひ

曼珠沙華蹠くすぐる歩き神

ちっぽけな幸せひとつ金木犀

薄ら日やフクシマの梨みづみづし

金木犀八十二歳のガードマン

助手席の蹠の力みいわし雲

二階まで話のつづき十三夜

杭打ちの届かぬ心文化の日

カピバラの耳よく動き冬青空

考へる石仏ひとつ冬椿

裸木や賽銭箱の葵紋

清貧の母の家計簿実南天

日記書くペンのまろみよ寒の入

雪もよひ二世帯同居話しかな

木蓮の冬芽大事なメール打つ

冬木の芽電話の嬰の息づかひ

大雪原黒一点の動きけり

第八章

蜜柑

平成二十八年～二十九年

残雪や土手に出でよの妻のこゑ

老犬の脚のふるへや草青む

バギー車の双子追ふ兄春浅し

老犬の野太きこゑよ朝ざくら

尻ふたつ見せし岸辺の春の鴨

老犬の一歩いつぽや夕ざくら

下萌や子に伝へねばならぬ言

老犬の寝るほかはなき日永かな

犬の背の点滴速し花曇

マンションの子の部屋あたり春灯

旅立ちし愛犬ジュディこどもの日

妻の涙こぼるる朝よ青蛙

犬抱く妻の手の哭き若葉風

天国の遠吠えひとつ橡の花

あとを追ふ吠えごゑの無し若楓

新緑や遺りし犬の血統書

天国のわが犬の耳朴の花

夏の川ふたつ越え来し父の墓

石仏の鼻のたひらか青時雨

夏草や生者集ひし寺の門

転けし子の口一文字夏の雲

第一回 炎環全国俳句大会in松山三句

老鶯のひところゑリフト揺らしけり

向き合へる子規・漱石像蔦青し

あご長き一遍像へ蟻の列

火蛾ひとつエレベーターに乗り合はす

火取虫ひとりの卓の妻のメモ

青すだれ妻大胆になりにけり

老犬へこゑかけてゐし残暑かな

魂抜かれし憲法の国生身魂

ざくろの実学習塾の母子かな

ペットロスの妻の涙や黄のカンナ

絵手紙の「生」の一文字秋の蝉

長き夜犬の遺影の大き耳

満月や母のつくりし竹の匙

歩み初む嬰のつかみし曼珠沙華

名月や正座の白き猫ひとつ

暮の秋コンテナ満つる仙台港

馬の首なでて下りしや草紅葉

秋深し観光馬車の馬の尻

吊り上げし大注連縄や秋の蝶——*

秋天や児よりもらひし感謝状

叱られし子の眉太し冬桜

本土寺吟行二句

過去帳の馬の名ひとつ冬ぬくし

涅槃図の象の泣き貌小六月

杖の歩に合はす柴犬雪催

ポスターの「いのちの電話」クリスマス

柚子風呂のこつくり二つ柚子三つ

遮断機の降りゐし先や妻と葱

気遣ひの過ぎし子ひとり実万両
犬の亡き妻とふたりの炬燵かな
涙ぐむ妻へ転がす蜜柑かな——*

二世帯の間取りの思案花の雨

透析に繋がれし母春の雲

蠢きし干潟の泥のひかりかな

天へ尻上げて番の春の鴨

黄風船追ひかけし子のそれつきり

桃の花店主自慢のパン二つ

子に問はるる宇宙のひろさ豆の花

菜の花の波に呑まれし幼かな

降車駅違へしふたり春の雲

踏切の非常ボタンや若葉風

口数の多き助手席柿若葉

海蛇の出迎へ初夏のダイビング

万緑や風の生まるる街に住む

迷ひたる結びの言葉走り梅雨

神仏の定めし縁《えにし》合歓の花

すみか

第十回「炎環」エッセイ賞受賞作品

人は、雨露を凌ぎ、安息や家族の憩いの場として「すみか」を必要とし、蝸牛の如く「すみか」という荷を背負って生きていく。

「すみか」をどうするか、つまりどのくらいの広さの家をどこに構えるかは人の一生のうちでもっとも重大な決定事項のひとつであろう。そしてより便利で広い家に住みたいという欲望はほとんどの人にあるであろう。

今、トルストイ作の民話「人にはどれほどの土地がいるか」を思い出している。概略ストーリーは「ある百姓が、ある村長から『日の出から日没の間に、歩いて回れた広さの土地全部を安価でお前に譲ろう。ただし、日没までに出発点に戻れなかったら、その土地はふいになる。』と言われ、大喜びで翌日の日の出から休む時間も惜しみ死に物狂いで歩き続けた。日没にようやく出発点に戻ったものの疲れ果ててその場で一命を落としてしまった。結局この男に必要な土地は彼の遺体を埋めるわずかな広さであった。」というものであった。人の限りなき欲望を戒めた寓話とも取れるし、所詮人は生きるのに必要最小限の土地（「すみか」も含め）があればよいという教えにも取れる。

「すみか」について私の心に残る一句がある。一茶の「是がまあつひの栖か雪五尺」である。一茶は江戸や房総を中心に活動してきたが、業俳(プロの俳匠)としての名も成さず財も成すことは出来なかった。そこで五十歳の年に根無し草の生活に見切りをつけ、専ら北信濃一帯で俳諧の師を続ける決意で、生まれ故郷の柏原に戻り着いたときに、この句を詠んだ。まだこのときには怨敵の継母や弟仙六との間の亡父の遺産相続問題(遺言書に基づく家・財産の折半交渉)が決着していなかった。しかし今、一茶は不退転の気持ちで故郷の雪を踏み、やがて半分は自分のものになるであろう小さな実家の茅葺屋根を垣間見た。そして、他郷でのあまり報われなかった辛苦の果てがこの小さな家なのか、だが安住の家だ、という気持を「是がまあ」に凝縮し、一茶独特のユーモアとペーソスで詠んだものと思われる。一茶のなんともいえぬ泣き笑いの顔が浮かんで胸に迫ってくる句である。

翌年、遺産相続問題が決着し、ようやく一茶は自分の家を持ち結婚もできた。しかし最初の妻や子らを亡くし再々婚の末、晩年の大火により母屋が類焼、わずかに焼け残った土蔵を本当の「つひの栖」として死んでゆく。

一茶の遺産相続への執念が、前述のトルストイの民話の百姓の果てしなき欲望と同じとは思えない。彼はこれまでの流浪の生活から逃れ、故郷に安住の家を得るため、父の遺言を忠実に実行しただけであろう。そして一茶は柏原の地で、トルストイの民話より約七十年前に必要最小限の家を「栖」として、死ぬまで俳句を作り続けたのである。

つひの栖と決めし流山の小家にて

ひとつ葉の肩よせ合ひし栖かな　航

あとがき

「縁　えにし」というものは不思議なものであり、偶然や運、そして神仏の引き合わせとしか思えない場合もある。

今自分がこの世に存在するのは、両親がいて、その父・母それぞれに両親がいて、さらにまた両親がいて……と辿って、例えば二十代前まで遡ると、二の二十乗で何と一〇四万八千五百七十六人のご先祖様のおかげなのである。この内、一人でも欠けたら、あるいは他の人と代わったら、今のこの自分はいないのである。そう考えると、ご先祖様が出会い、夫婦となった数多の「縁」の積み重ねの上に、今の自分がいる不思議さに感動し、有難いと思うのである。

その「縁」は、転勤の末永住を決めた「流山」の地が、私の故郷に近い柏原（現信濃町）の俳人一茶の大スポンサーであった「秋元双樹」がみりんや酒造りをしていた処であり、そこに炎環の「流山ざくろ句会」が存在していた、ということにも繋がってくる。定年の五年前、生涯の趣味を持とうと思い立ち、俳句が面白そうだからと、ネットで日曜日に開催している「流山ざくろ句会」を見つけて、さっそく参加した。そして、後日「流山ざくろ句会」が俳句結社「炎環」の句会であることを知り、石寒太主宰と出会い、俳号の「航《こう》」を賜り、ご指導いただくうちに、前述の流山と一茶とのつながりが判明した次第である。この「縁」の連鎖によって、今私は俳句に、趣味の範疇を超えて、生き甲斐として親しむことができたのである。「縁」は不思議で、有難いと痛感している。

「縁」と言えば十三年前、九段会館に「船村徹演歌巡礼」という公演を妻と観に行った時のことを思い出す。日本の歌謡曲の名作曲家で「別れの一本杉」「王将」「東京だよおっ母さん」「女の港」「兄弟船」「矢切の渡し」「紅とんぼ」「みだれ髪」など五千曲以上を生み出しており、私が最も好きな作曲家である。その船村徹氏が全国を巡って、ギターの弾き語りで自身の作曲した歌を歌い、合間に若手が歌うという公演であった。彼の心から滲み出る歌に感動した。公演後同会館のカフェでコーヒーを飲み、トイレに行ったとき、何と先ほどまでステージで弾き語りをしていた船村徹御大が用を足しておられるではないか。一つ離れたところに立ち、何か言わなくてはと「船村先生、先ほどの弾き語りは感動しました」とようやく話しかけたら、「あっそう。それはよかったね」と応えてくれ、立ち去って行かれた。私は天下の船村徹氏と連れションができた嬉しさに、しばし立ち尽くしていた。

船村徹氏がよく言われる言葉に「歌は心で歌うもの」がある。弾き語りはまさにその通りであった。この言葉は俳句にも通じ「俳句は五感で事物を捉え心で作るもの」と言えよう。そしてこれは『心語一如』に帰結するのだと思う。船村徹氏は、惜しまれながら本年二月十六日、八十四年の生涯を全うされた。

心を込め、追悼二句をお送りする。

春一番昭和の心置きて逝く

「みだれ髪」遺して天へ梅の花　　合掌。

平成十三年に「炎環」に入会し、はや十六年が経つ。過ぎてみれば、思い出は走馬灯のように巡って、果てることがない。定年後十一年、「濡れ落ち葉」や「ワシも族」にもならず、ずっと心身ともに活性化し続けてこられたのは、まさに俳句のおかげである。そして、その俳句を続けてこられたのは、「炎環」主宰の石寒太先生の温かいご指導の賜であり、先輩や仲間の励ましがあったからと、心よりありがたいと思っている。また、私の俳句活動を理解し支えてくれた家族、特に妻には感謝している。

さらに今回、私にとっては初めての個人句集『縁　えにし』が発刊出来たのは、石寒太先生のお勧めとご指導のおかげであり、また丑山霞外炎環編集長のご尽力があったればこそと、心より感謝申し上げる次第である。

なお、表紙カバーや口絵のデザインの絵手紙は、約三年前から絵手紙教室に通い始め、その間の作品から選択したもので、教室でご指導頂いた堀越美津子先生にも感謝している。

平成二十九年　八月

伊藤　航

✣著者略歴

伊藤 航…いとう・こう…

（本名⊙伊藤一雄）

昭和18年　長野県長野市生まれ
平成12年　炎環「流山ざくろ句会」に参加
13年　俳句結社「炎環」入会、石寒太主宰に師事
18年　第10回「炎環」エッセイ賞受賞
20年　「炎環」同人、流山ざくろ句会世話役
22年　合同句集「歳月」（炎環叢書シリーズ1）発刊

〔現在〕
「炎環」同人、「炎環」環の会副代表
「炎環」流山ざくろ句会世話役
趣味……絵手紙・スキューバダイビング・カラオケ・写真

〔現住所〕
〒270-0163
千葉県流山市南流山3-15-6

〔入賞略歴〕
p.33……平成20年「兜太に会いに行く秩父吟行」
金子兜太氏の特選
p.41……21年「一茶忌全国俳句大会」
金子兜太氏の特選
p.29……21年「伊東温泉つつじ祭俳句大会」
市議会議長賞（石寒太主宰選）
p.31……22年「伊東温泉つつじ祭俳句大会」
市議会議長賞（奥坂まや氏選）
p.33……21年「高津俳句大会」
高津区市民館長賞（石寒太主宰選）
p.58……22年「高津俳句大会」
高津区文化協会長賞（石寒太主宰選）
p.96……26年「角川全国俳句大賞」
正木ゆう子氏の特選
p.182……28年「一茶双樹俳句交流大会」
坂本宮尾氏の最優秀賞
p.185……29年「炎環新年句会」
地賞（石寒太主宰選）

炎環叢書　3

句集　縁《えにし》

二〇一七年一一月一七日　第一刷発行

著者……伊藤　航
編者……炎環編集部（丑山霞外）
造本……鈴木一誌＋山川昌悟
発行者……菊池洋子
発行所……紅書房
東京都豊島区東池袋五－五二－四－三〇三
郵便番号＝一七〇－〇〇一三
電話＝（〇三）三九八三－三八四八
FAX＝（〇三）三九八三－五〇〇四
ホームページ……http://beni-shobo.com
印刷・製本……萩原印刷株式会社

紅書房

ISBN978-4-89381-323-7　C0092